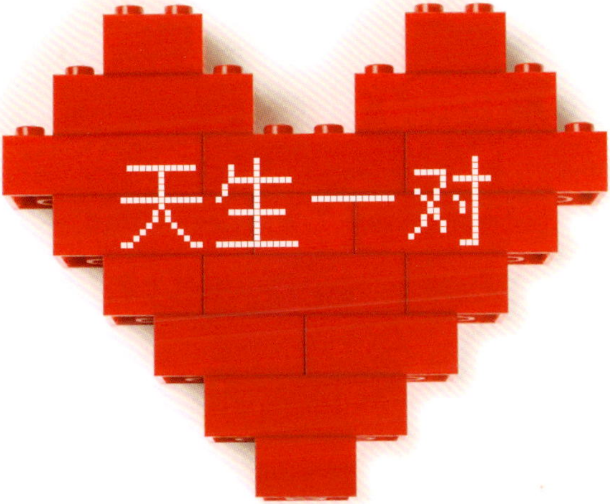

乐高®情话，送给和我天生一对的你

[英] 阿利德·刘易斯 著
于睿寅 译

上海译文出版社

WE JUST CLICK
Aled Lewis

Produced by Chronicle Books, 680 Second Street, San Francisco, California 94107, USA, under License from the LEGO Group.
Published by Shanghai Translation Publishing House.

FSC
www.fsc.org
混合产品
纸张 | 支持负责任林业
FSC® C103579

图字：09–2024–0520 号

图书在版编目（CIP）数据

天生一对／（英）阿利德·刘易斯（Aled Lewis）著；于睿寅译. -- 上海：上海译文出版社，2025.4.
ISBN 978-7-5327-9859-9
I. I561.85
中国国家版本馆 CIP 数据核字第 2025ED2153 号

天生一对 WE JUST CLICK
［英］阿利德·刘易斯 著　于睿寅 译
责任编辑 闫雪洁　装帧设计 张擎天

上海译文出版社有限公司出版、发行
网址：www.yiwen.com.cn
201101　上海市闵行区号景路 159 弄 B 座
上海中华商务联合印刷有限公司印刷

开本 787×1092　1/32　印张 3.5　插页 4　字数 2,000
2025 年 4 月第 1 版　2025 年 4 月第 1 次印刷
印数：0,001–8,000 册

ISBN 978-7-5327-9859-9
定价：69.90 元

献给阿比盖尔

在我眼里，

你完美无缺。

他爱的是我的内在。

认识的人越多，
我就越喜欢你。

我为你制作了一个歌单。

宝贝，

你把胳膊抬起来啊……

宝贝？

让我们贴贴！

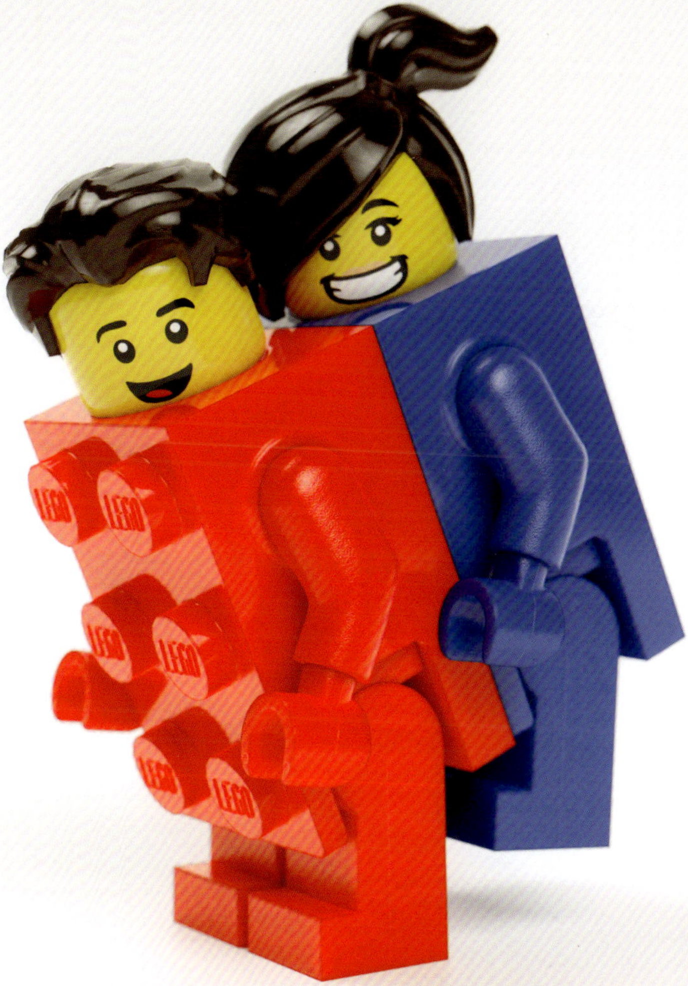

管别人怎么想呢！

给友情添把火，
就成了爱情。

你让我感觉

自己腿长一米八！

哇哦，

你跳得也太棒了！

别人眼里的你

也这么迷人吗？

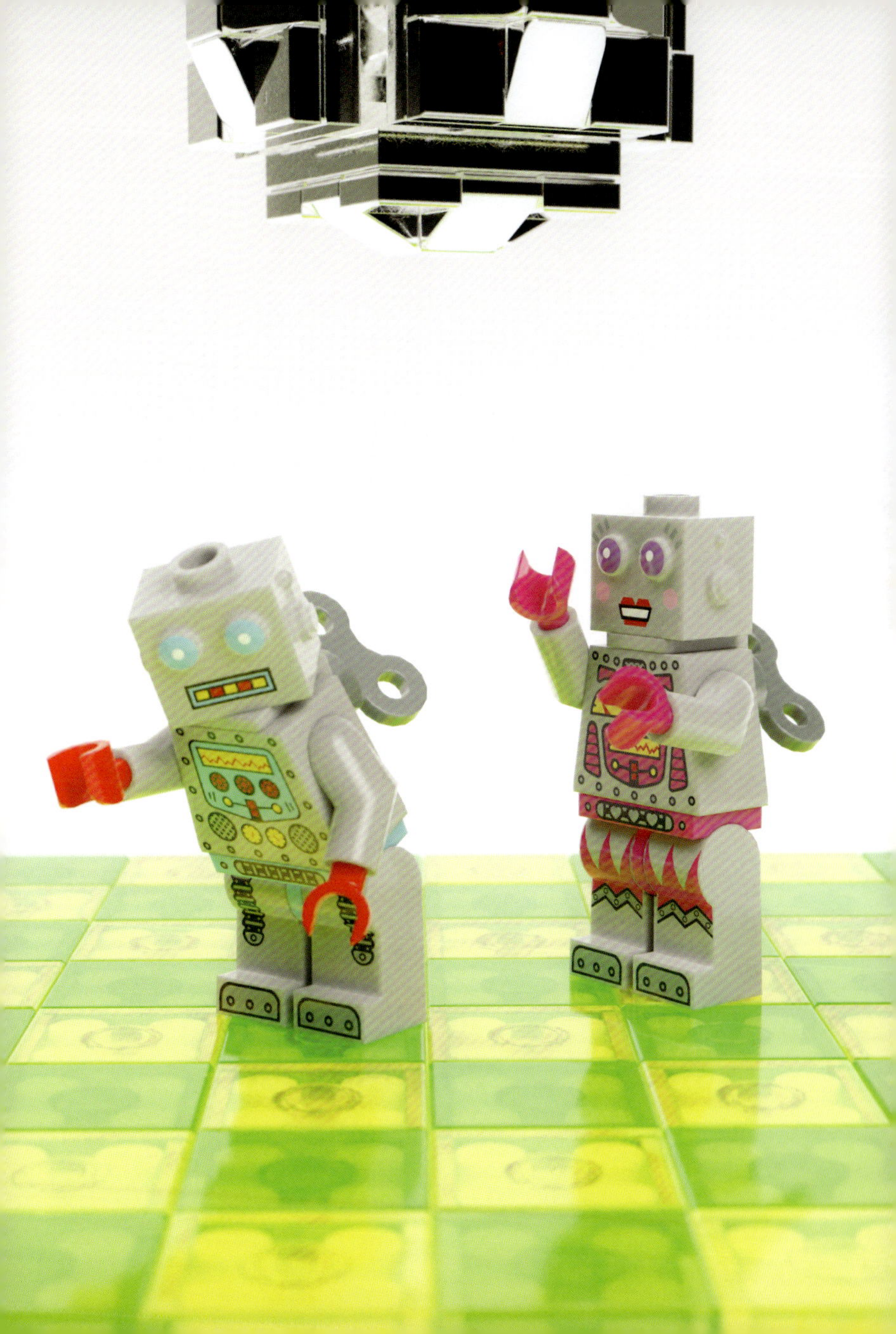

有你，我才完整。

我爱你，

但是我想要一辆

自己的自行车。

你一靠近，

连鸟儿都被你吸引。

别抢被子啦！

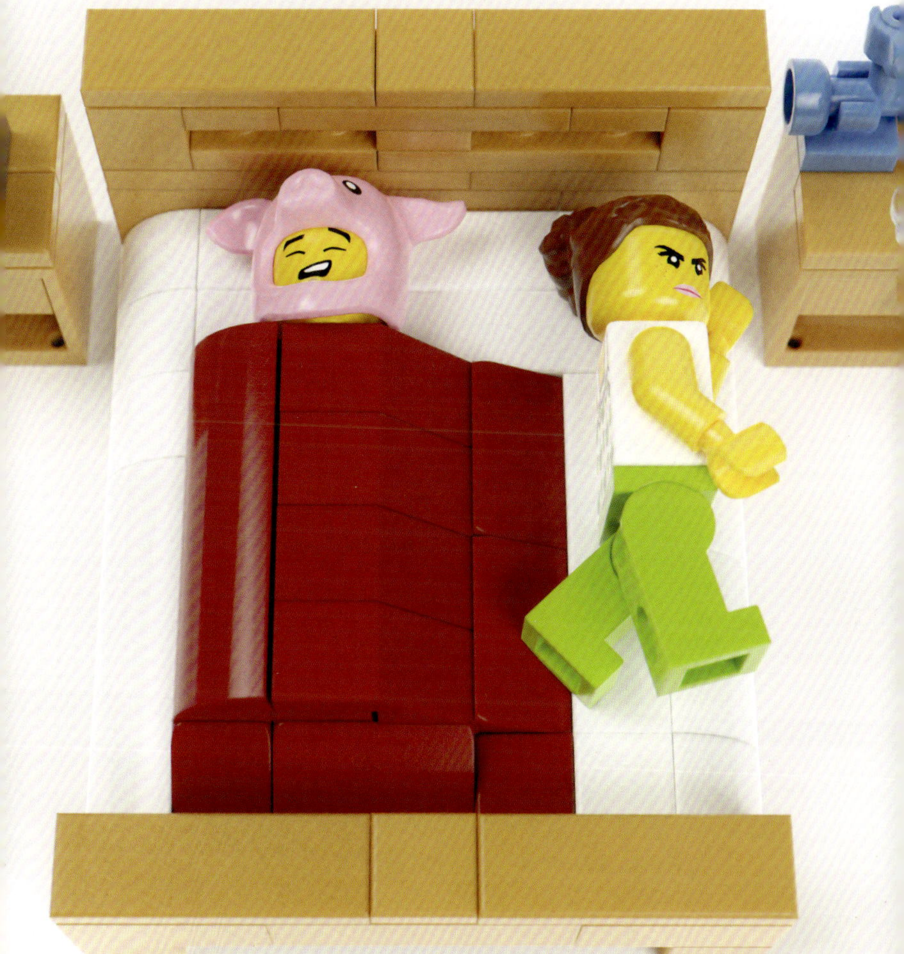

她爱我，

她不爱我，

她爱我！

我一见你就笑！

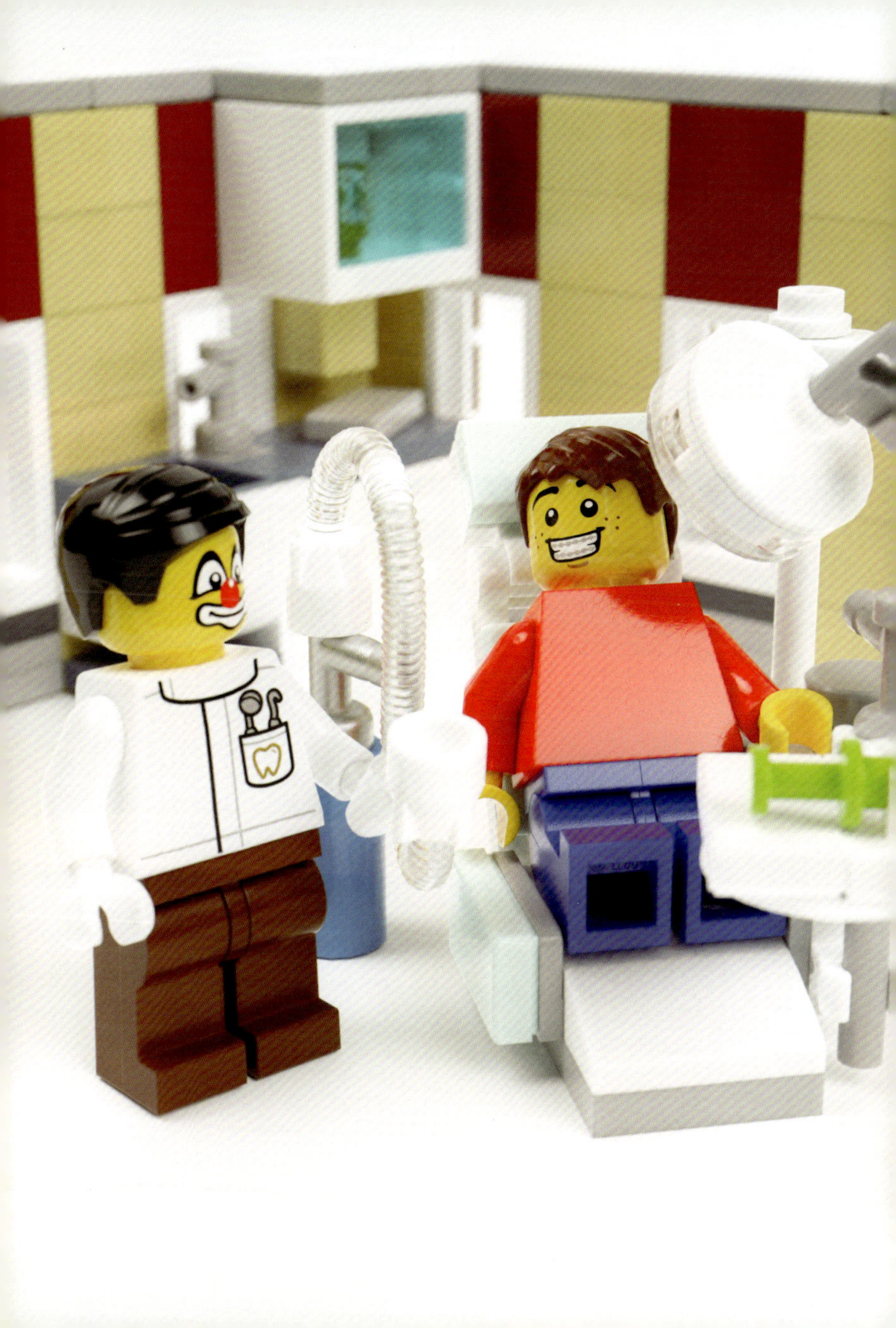

我知道你现在
一定很难过，
但一切都会好起来的。

先等等，

别急着出马。

是我一厢情愿，
还是我们之间真的
产生了“化学反应”？

别做“爱情变色龙”。

在浪漫这件事上，
我还是喜欢老派一点。

期待和你生死相依。

只要能陪在你身旁，
哪怕只能待在“朋友圈”，
我也心满意足。

耶！团建！

躲我身后，

我来保护你！

BANANA!
BANANA!

听说你喜欢不羁的坏男孩。

我感觉门板上的位置
够两个人都趴上去。

我知道他有点儿特别，
但我们俩就像是
“天生一对”。

我们俩现在真是
同频共“震”！

飞驰的感觉

不用你来告诉我！

哦，

她真是个可爱的小宝贝，

长得跟她爸爸一模一样！

你该自己点一份甜点的，
不过我愿意和你分享。

我们俩是在网上认识的。

帽子不错！

我之前怎么没注意到，

原来你长得这么帅……

你怎么知道我喜欢这些?!

我希望你能像
普通男朋友一样，
别走“歪门邪道”。

一条特殊的纽带

把我们俩“拴”在了一起。

往洗澡水里撒盐？

你简直要把我宠坏了！

要是能单膝跪地，
我肯定会那样做的。

她讲的笑话
有点儿土里土气，
但我正好是玉米。

我忍不住要想，
你之前是不是
压根没正眼瞅过我？

寻人启事
年龄：不详
身高：42毫米
体重：3.4克
瞳孔颜色：黑
发色：不详
身材：中等

我深深地被你吸引。

答应我，
下次再也不许点
带菠萝的披萨了哦。

PIZZA

简直像在照镜子！

居家办公最棒的瞬间
就是我们团队
开组会的时候。

SMALL PARTS

我对你的爱

可以往返月球。

一定要……

保持……

坚、强。

一口“吃定你”！

舞会照片恒久远，

真爱一生永流传……

我的世界为你倾倒。

如果我俩到 30 岁时
都还是单身，
那我们就结婚吧！

你不怎么爱说话，对吗？

好巧，我也是。

你也喜欢吃饼干？
那我们大概能成为
最好的朋友。

39

我在追逐自己的梦想！

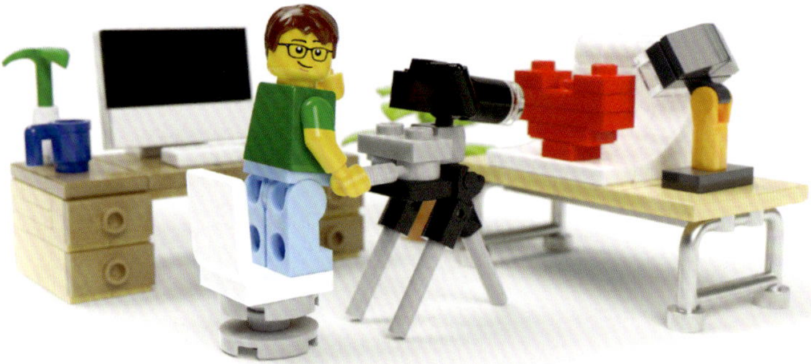

阿利德·刘易斯是一位英国插画家、创作者，也是一名狂热的乐高粉丝。他用乐高积木完成的第一件人生大作是“黑海梭鱼号海盗船”，那年他才 8 岁，那件作品成为他骄傲和快乐的源泉。之后他又进阶到乐高机械组套装拼搭，并一直致力于组装和收集作品。他的作品从流行文化中汲取灵感，不失幽默，且巧妙融合了各种媒介特色，充分利用摄影、传统绘画、像素艺术、3D 建模及十字绣等媒介展示细节。

阿利德和妻子阿比盖尔育有两个儿子，他们全家都住在英国；这两个孩子跟他们的老爸一样，也是乐高积木的拥趸。